KB116625

이야기 빨래방

책 만 드 는 집 시 인 선 222

이야기 빨래방

김정 시조집

책만드는집

| 시인의 말 |

시조와 함께여서
기쁨이 배가 됐다

20여 년 걸어온
지나온 흔적들을

햇볕에
내다 말리며
감사하는
나날이다

새 생명을 기다리며
2023년 여름
김정

| 차례 |

5 • 시인의 말

1부 꽃 속에서 들렸다

13 • 맨드라미
14 • 시민공원 버즘나무
15 • 서운암 장독대
16 • 애기똥풀꽃
17 • 그날 이후
18 • 경계선에서
19 • 봄. 봄. 봄
20 • 밀레니엄 Z세대
21 • 승차 거부
22 • 민들레 편지
23 • 기도
24 • 금전수
25 • 아버지와 감나무
26 • 두레박
27 • 삐걱

2부 부산항이 환하다

31 • 이야기 빨래방
32 • 지구의 고민
33 • 나훈아
34 • 꽃의 변명
35 • 꽃수 놓는 봄
36 • 늦둥이 봄
37 • 민들레 가족
38 • 무풍한송로
39 • 완경
40 • 거꾸로 가는 봄
41 • 윈드서핑
42 • 2020년 5월
43 • 일주문
44 • 후리소리
45 • 땅

3부 보랏빛 기억 한 줄이

49 • 오디 내 사랑
50 • 창을 열다
51 • 꽃 피는 골목
52 • 홍매
53 • 하구 일기
54 • 남포동
55 • 달리기
56 • 산수유
57 • 자갈치시장
58 • 유채꽃
59 • 시민공원을 읽다
60 • 유등
61 • 출항
62 • 꽃양귀비
63 • 갈맷길 700리

4부 웃음꽃이 핍니다

67 • 유월은 다시 와서
68 • 몰운대
69 • 6학년 1반 수학여행
70 • 깨달음
71 • 쑥 뜯던 날
72 • 환한 불꽃 지나갔다
73 • 컴패션 물 주기
74 • 우리는
75 • 동부산 카페
76 • 나눔 야외 쉼터
77 • 사랑의 샘물
78 • 1004만 원의 행복
79 • 100세 시대
80 • 고향에서
81 • 다대포 낙조분수

82 • 해설_이경철

1부

꽃 속에서 들렸다

맨드라미

고향 집 앞마당에
붉은 볏 맨드라미

부지런히 땅을 긁던
토종닭 서너 마리

꼬끼오
수탉 울음이
꽃 속에서 들렸다

시민공원 버즘나무

저 여자 바람나서
평생 길에 살았단다

생머리 파마머리
폭풍이 빗질하고

너른 품
내어준 뒤로
육자배기 부른다

서운암 장독대

천 개의 짠맛들이 여기 와 다 담긴다
입 크게 벌린 장독 구름 한 점 찾아들고
삼삼한 진국이 되려고 숯이 간을 맞춘다

손가락 푹 찔러서 된장 맛 볼라치면
장경각 풍경 소리 고향 하늘 끌고 와서
구수한 어머니 손맛 함께 배게 하더라

밤이면 백자 달을 독에서 건져내어
등불로 들고 가다 산마루에 얹어두면
차가운 세상인심도 절로 데워 지더라

애기똥풀꽃

아기 울음 들은 지
참 오래 되었다

세상 꽁꽁 언 탓에
누구도 관심 밖이지만

샛노란 꽃잎 향기를
밟아보고 싶었다

화수분처럼 들고 나던
참새 학교 분교 부근

땅따먹기 한창인
마디풀을 보았다

쉿 하며 모두의 입에
재봉틀을 돌린다

그날 이후

어머니 저 왔어요 인기척 다가갔던
빈방엔 찬 햇살만 반쯤 엎질러 있고
뚝 멈춘 거미 한 마리 뭘 하려나 노려본다

서랍을 정리하다 손에 잡힌 낡은 수첩
먼저 간 친구 이름 빼꼭히 적혀 있다
지금도 번호 누르며 안부라도 물은 듯

손녀가 선물해 준 빨간색 코트 위로
무채색 가족 웃음 줌업으로 겹쳐 있다
비닐을 안 뜯은 속옷 눈이 몹시 시린 날

경계선에서

하늘과
바다 사이
줄 하나 지워졌다

어제가
오늘에게
오늘이 내일에게

괜찮아
아무 일 없어
해는 다시 떠오니

봄. 봄. 봄

영축산 물이 올라 꽃샘잎샘 터뜨리면
골짜기 나뭇가지 일필휘지 초서체다
만삭의 장독대마다 봄의 문장 익는다

쪽풀도 몸을 밀고 라일락도 서두른다
선착순 금낭화가 방명록을 적고 나면
양지쪽 민들레 슬쩍 발 도장을 찍는다

바람과 물소리도 초록빛 응원가다
울타리 시화들도 야생화로 피어나고
어울려 벙그는 봄날 공작새도 깃 편다

밀레니엄 Z세대

손바닥 화면에서 하루를 시작한다

한 치 앞에 눈이 팔려 가는 곳 안 보이고

스스로 설정한 앱에 원격조정 받고 있다

유튜브 터치하면 빛처럼 다가와서

뚜욱딱 감칠맛 나게 한 상이 차려지고

세상의 모든 길들이 허공 위에 떠 있다

승차 거부

다리에 쥐 나도록
버스를 기다렸다

드디어 도착한 차
눈치 보며 안 열린 문

아이코
이를 어쩌나
미처 못 쓴 마스크

민들레 편지

민들레 꼬마 풍선 후우후 불어보면
아가 적 고운 꿈이 낙하산 펼치지요
지금은 어느 땅에서 뿌리 내려 살까요

새봄을 선물하려 손에 쥔 초록 열쇠
녹이 슨 가슴에다 살짝살짝 돌렸더니
거봐요 환한 웃음이 샛노랗게 피잖아요

기도

말마다 죄가 되는 겨운 날들입니다
발걸음 닿는 곳에 무심코 던진 화살들
누군가 상처를 입고 어둠 속에 울 것입니다

두드려도 열리지 않는 문이 하나 있습니다
그 문은 아직 한번 열린 적 없습니다
스스로 만든 그 문은 바로 내게 있습니다

피붙이 다 잃고 동생까지 업고 가는
길 위의 소녀 가장 환한 웃음 속에서
기꺼이 알토란 같은 느꺼움을 봅니다

금전수

새해 첫 기운 담아
축하 화분 도착했다

누구는 돈나무라서
큰 부자 될 거라지만

밤사이
쏘옥 내민 새싹
건강부터 챙기란 듯

아버지와 감나무

아이들 태어날 때
한 그루씩 심었다는

샛노란 배꼽 같은
흙 마당 감꽃 주워

목걸이 만들며 컸던
둘째 셋째 할미 되고

어느 해 가지 끝에
등불이 된 까치밥

아버지 계신 곳에
군불 활활 지피는지

초겨울 서녘은 온통
붉게 붉게 물들었다

두레박

서걱대는 어둠을
밤새워 헹궈내고

마음속 불편함도
조리질로 걸러내고

신새벽
고요를 길어
머리맡에 붓는다

삐걱

계단을 내려오다
순간 발 접질렸다

평소에 몰랐던 일
접시에 코 빠진 듯

얼결에
나의 우주가
흔들리고 있었다

2부

부산항이 환하다

이야기 빨래방

미로를 따라가는 산복도로 그 끝쯤에
녹슨 시계처럼 세월 깁는 사람들
옷가지 이불도 함께 빨래방을 찾는다

한 스푼 세제 넣고 근심도 포개 넣고
통돌이 도는 동안 타임머신 타고 간다
묵혀둔 엉킨 이야기 타래타래 풀리고

따가닥 따각따각 카페 한쪽에서는
기사를 등에 실은 천리마가 달려간다
세대 간 이어준 온기 부산항이 환하다

지구의 고민

AI가 자라면서 판도라와 친해졌다
가벼운 손끝 터치 산도 강도 건너뛰고
나 아닌 또 다른 내가 저만치 걸어온다

나날이 진화하는 똑똑한 문명의 혀
왜냐고 묻기도 전 칼같이 자른 의사
주객이 바뀔 시점을 은근슬쩍 넘본 듯

쩐 사태 막기 위해 새 옵션 설정하고
무법자 챗GPT 부품을 감춰야 한다
잘못된 만남 앞에선 끌려갈 날 올 수도

나훈아

추석에 모인 가족
테스 형을 부른다

왜 이리 힘드냐고
그곳은 좋으냐고

누구도
못 한 그 말을
함께 부른
테스 형

꽃의 변명

꽃구경 하고 온 날 눈 몹시 가려웠다

황사인지 꽃가룬지 그 원인 몰랐지만

왜 자꾸 눈물 콧물은 나의 앞만 가릴까

가는 봄 서럽다고 밤비는 추적이고

담장에 스멀스멀 줄장미 기어간다

입 속에 가시가 돋쳐 붉은 혀를 내밀 때

꽃수 놓는 봄

봄볕이 색실 풀어 꽃수 뜨는 흙 마당에
새로 산 풀톱 들고 보초 서는 흰 민들레
개미도 눈치 보느라 살금살금 기고 있다

살구꽃 등을 내건 대궐 한 채 다가온다
걸음마 서툰 아가 꽃신은 벗겨졌고
전화벨 소리에 놀라 튀어나온 개구리

달팽이 길을 닦고 손님 맞을 준비 한다
텃밭의 조선상추 쑥갓도 잠을 깨고
부추꽃 쌀을 씻는 듯 살랑살랑 손 흔든다

늦둥이 봄

터널을 빠져나와도
좀처럼 오지 않던

천 조각 하나로
입 모두 쉬쉬한 봄

참다가 더 못 참겠다며
터져 나온 홍매화

오래 서 있은 탓에
저려요 부르튼 발

코끝이 간질간질
벼락 친 재채기에

장소를 가리지 않고
퍼 나르는 꽃향기

민들레 가족

봄볕에 도란도란
구 남매 나앉았다

어릴 땐 키 재기로
다툰 일 있었지만

이제는
모두 이쁜 꽃
눈빛 웃음 건넨다

무풍한송로

한세상 모진 삶을 훠얼훨 날려주려
합죽선 펼친 노송 춤사위가 일품이다
간간이 새어 나오는 비파 소리 새소리

아득한 별빛 한 줌 석등에 불 밝히면
냇물도 시름 잃다 천 리 먼 길 나서고
는개에 옷 젖는 시야 산문山門 반쯤 잠긴다

완경完經

밥 한번 먹자던 말 뒤늦게 생각났다
서둘러 전화해서 약속을 잡고 보니
음식이 입에 맞을지 그 생각을 못 했다

허기를 지우느라 웃음 대화 자제했다
반쯤 비운 유리컵에 다시 채울 너스레
넌지시 운을 떼느라 포크 나이프 부딪쳤다

그녀는 은근슬쩍 내 눈꼬리 밟다가도
가끔은 농담 같은 고백 늘어놓았다
창밖에 남은 동백꽃 떨어지고 없다는

거꾸로 가는 봄

서운암 비단 공작
꽁지 활짝 펼치면서

진달래 붉게 타니
화전 시회 오라 한다

마음만 바쁘게 가는 나갈 수 없는 봄

밥 먹자는 그 약속
고서처럼 먼지 앉고

재채기 마음대로
할 수 없는 세상에

봄빛만 종종대다가 저 혼자 놀고 있다

윈드서핑

탁 트인 여름 바다
파도 타는 물잠자리

아직은 푸른 젊음
넘어졌다 일어서고

흰 갈기
세운 하루가
백사장에
널린다

2020년 5월

보고픔 붉어져서
달려간 요양 병동

가슴에 피고 싶어
송송 맺힌 봉오린데

못 건넨
카네이션이
유리 속에 갇혔다

일주문

문지방 넘는 순간 겁을 주는 사천왕상
눈금 추 하나 사이 승과 속을 가른다
슬며시 발을 뺄 듯이 눈치 보며 안긴 땅

돌탑 끝 내려앉은 다시 본 백수 낮달
너는 또 뭐 하려고 여기 왔나 물어본다
선방 앞 붉은 자장매 눈이 퉁퉁 부었고

한 계戒 한 계 다가서는 진신사리 금강계단
다이아몬드 광채처럼 눈부셔 어리는데
빈자의 등불 하나가 세상길에 흔들린다

후리소리

어여차 놋줄 당겨
그물을 털고 있다

현란한 춤사위로
날고 있는 은빛 햇살

갈매기
수신호 보내
프리미엄 붙인다

땅

겨우내 터진 이랑 바느질로 기워간다
맨살 반쯤 드러낸 채 학처럼 내려앉아
어머니 봄비를 풀어
시침질 한창이다

참나무 손마디로 산 밭 다 일궈놓고
새 씨앗 이랑이랑 고물고물 키워간다
세월을 다 받아 여민
거친 손등 웃고 있다

3부

보랏빛 기억 한 줄이

오디 내 사랑

새파란 뽕잎 뒤에
설익은 비밀들을

들키고 싶지 않아
꾹 참아낸 사춘기

보랏빛
기억 한 줄이
달콤하게 지나갔지

창을 열다

꼭 닫힌 창을 열고
맑은 공기 모십니다

먹구름도 눈이 있어
저만치 물러납니다

스스로 닫은 가슴도 활짝 열어 봅니다

천 근의 무게로
짓눌러 온 응어리를

두 팔 벌려 살포시
창공에다 펼칩니다

내 속에 가둔 바늘을 죄다 풀고 싶습니다

꽃 피는 골목

피란살이 고단함도 책 보며 견뎌내던
그 시절 꿋꿋함이 빛으로 남아 있는
아직도 꽃 같은 글씨 공들여 줍고 있다

인터넷 전자서적 앞질러 달려가도
시간이 지운 풍경 되살아 숨을 쉰다
보수동 책방골목엔 오늘도 꽃이 핀다

홍매

벌 떼로 귀에 붕붕
울어대는 만세 소리

먼 산 다 터지도록
주리 트는 싸락눈에

찍힌다,
붉은 저 인장
함묵하는 백지장 위

하구 일기

사나흘 면발 뽑던 저 굵은 빗줄기들
허기진 산과 들을 배불리 먹여놓고
그 온갖 잡동사니를 몽땅 끌고 내려왔다

하구도 배부른지 껵 하고 트림한다
모처럼 먼 길 날아 다시 찾은 진홍가슴새
여기가 어딘가 싶어 고개 절레 흔든다

물 아래 고기들이 숨 막혀 배 뒤집는
적자처럼 밀려와서 야적된 강의 침묵
흐르는 시간의 틈새 다릿발을 놓는다

남포동

뒷골목 푸른 바다
날마다 불러왔고

집어등 켠 포장마차
은갈치로 몰려갔다

고갈비
삶이 밴 냄새로
하루 피곤도 막 구웠다

달리기

신발 끈 고쳐 매고 옷깃 여며 출발한 길
지금 내 뜀박질은 어디를 지나는가
지름길 가풀막에서 가쁜 숨을 내쉬며

누구나 숨이 차면 주저앉고 싶은 것을
더러는 넘어지고 시야가 흐려져도
반환점 돌아선 주로走路 숨소리 가쁘하다

산수유

새벽녘 마실 나온
놀란 토끼 눈처럼

고샅 끝 돌아서면
새빨간 물결이다

설익어
시고 떫었을
풋풋했던 스물 같은

자갈치시장

갓 잡은 생선들이 여행길에 오른다
좌판에 둘러앉아 별별 사람 구경하면서
즐거운 식탁 꿈꾸며 저녁놀에 발 담근다

와보소 물 좋심더 펄펄 뛴다 아입니꺼
파도 자락 끌고 온 걸쭉한 목소리가
반쯤은 정으로 담고 또 반쯤은 덤으로

연탄불에 달군 석쇠 꼼장어 요동친다
바다를 채워가는 잔들이 부딪치고
연안에 불빛 하나둘 별을 닮아 밤이 깊다

유채꽃

노오란 병아리 떼
봄 소풍을 나왔다

등에 진 해풍으로
걸음마 휘청이는데

나비도
이랑을 넘으며
추임새를 날린다

시민공원을 읽다

분수대 높은 줄기 하늘에 닿았을까
토질을 수술받고 초원의 집 지은 곳에
오종종 가벼운 걸음 모여들고 있었다

푸르른 햇살 속에 막대 풍선 든 아이는
사다리 밟고 올라 별을 따고 있을까
요정은 밤마다 내려와 은가루를 뿌린다

줄 맞춘 메타세쿼이아 푸른 산소 내뿜는다
모여든 삼삼오오 동백으로 피는 얘기
징검돌 청이끼 앉혀 새 역사를 쓰고 있다

유등

촉석루 추녀 끝에
걸렸던 보름달이

의암에서 뛰어내린
논개를 닮으려고

속곳을
차려입은 채
물에 풍덩 멱을 감네

출항

어둠이 단추 푸는
뱃고동 기침 소리

눈곱 뗀 저인망선
어깨가 출렁인다

시퍼런
갈기를 세우며
펄떡이는 생애들

꽃양귀비

당신은 죽어서도
그 미모 더 예쁘고

바람이 불어오면
나비 되어 춤을 춘다

온 세상 사랑 앞에서
붉은 미소 끝없어

갈맷길 700리

배낭에 바람 소리 구름도 조금 넣고
걷는다 숲길 따라 강 따라 해안 따라
그렇지 폰은 첨부터 무음으로 두었지

새들의 날갯짓과 초록의 의미들을
눈으로 귀 입으로 손끝으로 맛을 보며
낙동강 하구쯤에서 잡념들을 날린다

구개음 뱉어가며 말 거는 부산 갈매기
수평선 잘라 와서 고무줄놀이 끝이 없고
색소폰 부는 무역선 고갯길에 달 띄운다

4부

웃음꽃이 핍니다

유월은 다시 와서

뻐꾹뻐꾹 다리 절며 유월은 재를 넘고
철쭉꽃 자락 자락 강물 위에 비치는데
또 한철 무명 설움이
물소리로 감긴다

아픈 허리 통증이야 뜸질로 다스리지만
시간에 녹이 슬어 딱정이 굳은 자국
여태껏 오고 못 간 길
풀빛만이 더 짙다

몰운대

– 임란일기

안개에 갇힌 섬들
왜선으로 진을 쳤다

활시위 수평선을
팽팽하게 당겨놓고

갈매기
물고 온 밀서에
흔들리던 장군의 어깨

6학년 1반 수학여행

경주행 완행열차 부푼 꿈 싣고 간다
설익은 단발머리 가슴을 뛰게 했던
사이다 뻥 뚫리는 소리 불국사의 별빛들

육십 년 지기들의 두 번째 수학여행
공항이 들썩이게 이름도 불러보고
정겨운 고향 사투리 이야기꽃 피웠다

비행기 타고 떠난 싱가포르 수학여행
그 시절 단발머리 흑백사진 간직하고
밤하늘 슈퍼트리 쇼 인생사진 찍었다

깨달음

경건한 말씀으로 주일을 여는 아침

적자생존 말 대신에 적자손해 보는 것이

쥐구멍 찾지 않고도 살아갈 수 있음을

주어진 삶을 안고 부단히 애썼지만

양보란 눈금 앞에 마음 선뜻 주지 못한

내 안의 또 다른 내가 무릎 꿇고 있었다

쑥 뜯던 날

명주실 감아대는
봄 들녘 아지랑이

꼬맹이 만세 소리
땅 속속 비집었고

어머니
돌아온 입맛에
콧노래가 절로 난다

환한 불꽃 지나갔다

씨줄에 건강 걸고 날줄에 재력 얹고
따가닥 철컥철컥 백 세 향해 엮는 한 생
꽃길은 일등 자식이 웃으면서 가는 길

손녀가 준비해 온 커다란 현수막에
구순의 어머니가 아령을 들고 있다
케이크 자르는 동안 환한 불꽃 지나갔다

컴패션 물 주기

너와 나의 손길에서 희망이란 싹이 텄다

저 멀리 인도네시아 라이몬이란 어린이

보내온 사진 속에서 환히 웃고 서 있다

매달 사만 오천 원 라이몬의 학용품값

통장의 숫자들이 고맙다고 인사한다

마음도 가벼워져서 푸른 하늘 날고 있다

우리는

한 끼 식사 익숙해져
고마움을 몰랐던

코로나가 가르쳐준
점심의 깨우침을

지금껏
알지 못했네
물 한 사발 밥 한 그릇

동부산 카페

한 잔에 천 원 하는
아이스 아메리카노

네 분의 바리스타
마술 같은 손끝에서

미소 띤
예수님 얼굴
무더위를 식힌다

나눔 야외 쉼터

주차장 공터에다
새파란 잔디 깔고

파라솔 그늘에서
이야기꽃 피어난다

바람도
해먹에 누워
귀 기울여 듣고 있다

사랑의 샘물

작은 빛들이 모여 사랑을 이루었습니다
때론 세상에 지쳐 기력조차 쇠진할 때
힘들고 외로우냐고 다정히 물으셨습니다

후 불면 넘어지는 질그릇 같았지만
거름이 되기 위해 남몰래 흘린 눈물
튼튼한 옥토가 되고 반석이 되었습니다

나직이 젖어 드는 봄비의 날갯짓에
헝클린 마디 풀려 산과 들 다 적시고
영원히 목을 축이는 샘물이 되었습니다

1004만 원의 행복

주님을 닮으려고
모여든 천의 마음

오른손 하는 일을
왼손이 모르게 한

서로가
주고받을 때
웃음꽃이 핍니다

100세 시대

나이야 저리 가라
박수 소리 우렁차다

백발의 파마머리
까맣게 물들이고

하늘에
가는 날까지
웃고 웃고 또 웃자

고향에서

학봉 종택 중심으로
뿌리 지킨 금계마을

뜨거운 햇살 아래
송진이 타고 있다

가끔씩 개 짖는 소리
새도 푸덕 날아간다

도시의 분주함을
하나둘 밀어내고

소걸음 매듭 풀어
소나무에 매어두면

유년의 아릿한 생각
귀살푸시 들려온다

다대포 낙조분수

사랑을 잃은 사람
여기 오면 알 것이다

물꽃이 피워내는
무지갯빛 오작교가

서로의 눈과 눈 이어
만남 이뤄 준다는 걸

무심코 던진 말이
상처로 남았다면

그대를 대신해서
혈을 풀어 주리라

하늘로 치솟는 물줄기
마음 씻어 주리라

삶의 터전, 원체험에서 솟구친 시편의 싱싱한 깊이

이경철 문학평론가

"하늘과/ 바다 사이/ 줄 하나 지워졌다// 어제가/ 오늘에게/ 오늘이 내일에게// 괜찮아/ 아무 일 없어/ 해는 다시 떠오니"(「경계선에서」 전문)

백일장 당선작 같은 현장감과 신선한 발상과 이미지

김정 시인의 이번 시조집 『이야기 빨래방』에 실린 시편들은 백일장 당선작 같은 현장의 풋풋함이 묻어나고 있다. 바깥 풍경들과 마음 속내 풍경들이 백일하에 반짝이고 있다. 발상과 언어와 이미지와 이야기들이 막 건져 올린 그물서 털어지는 멸치 떼처럼 싱싱하다.

시인이 살고 있는 부산과 앞바다 등지에서 즉흥적으로 건져 올린 듯한 시편들에도 최초로 각인된 원체험이 고스란히 전해진다. 그리고 거기에 반한 지금 우리 최첨단 문명에 대한 비판도 서려 있다. 무엇보다 우리 날마다의 일상적 삶에 대한 각성과 희망이 자연스레 담겨 있어 읽을 맛과 함께 깊이도 주고 있다.

이번 시집의 이런 특장을 잘 드러내고 있는 것 같아 맨 위에 인용해 놓은 시 「경계선에서」를 보시라. "하늘과/ 바다 사이/ 줄 하나"는 수평선일 것이다. 태평양으로 이어진 일망무제의 바다와 하늘 사이에 수평선 줄 하나 분명 보일 텐데도 지워졌다 하고 있다. 왜?

하늘과 땅을 나누는 그런 분별심이 없어졌기 때문일 것이다. 해서 어제와 오늘 그리고 내일, 과거와 현재와 미래의 경계, 분별도 없어졌다. 지금까지 살아온 경험상 어제와 오늘, 오늘과 내일의 시간상 경계 없이 여전하고 여일한 게 삶이니까. 그러니 오늘, 내일 근심 걱정 따위는 없애고 열심히, 즐겁게 살자는 희망을 주고 있는 시로 「경계선에서」는 읽히지 않는가.

위 시는 한 수로 이뤄진 단시조이다. 수평선을 바라보며 시인의 심사를 3장 6구 45자 안팎의 짧은 시로 인상적이면서도 깊이 있게 보여주고 있다. 이처럼 이번 시집 『이야기 빨래방』은 우리 민족의 정통 정형시인 시조의 가락과 구성미학을 충실히 담아서 세상의 풍경과 시인의 내면을 간결하면서도 인상적으로 보여주고 있는 시조집이다.

탁 트인 여름 바다
파도 타는 물잠자리

아직은 푸른 젊음
넘어졌다 일어서고

흰 갈기
세운 하루가
백사장에
널린다
—「윈드서핑」 전문

무더운 여름 탁 트인 바다에서 시원하게 푸른 파도를 가르는 윈드서핑을 바라보며 쓴 시다. 그런 눈앞에 펼쳐진 풍경 묘사뿐 아니라 항상 푸르고 젊은 삶에 대한 용기도 활달하게 펼치고 있는 시다.「윈드서핑」은 앞서 살펴본 시「경계선에서」처럼 단시조다.

초장에서는 풍경을 눈에 보이는 대로 풀어놓고 있다. '윈드서핑'이란 참신한 외래어를 '물잠자리'로 보는 시각이 신선하면서도 우리네 원체험의 깊이를 묻어나게 한다. 중장에서는 윈드서핑을 하면서 넘어졌다 일어서는 풍경과 또 그런 파도의 모습을 중첩시키고 있다. 그런 중첩된 이미지에 "아직은 푸른 젊음"이란 시인의 내면 풍경 내지 의지도 덧씌우고 있다. 그러다 종장에서는 그런 윈드서핑과 파도와 시인의 푸른 젊음의 의지를 "흰 갈기/ 세운" 이미지로 집약하며 그것을 지금 여기의 오늘 하루의 삶으로 확, 전환해 놓고 있다. "백사장에/ 널린" 그런 오늘의 삶에서는 대책 없이 내던져진 실존적 삶에서의 의지도 환기하며 종결하고 있다.

기승전결起承轉結이라는 시조의 구성미학에 충실해 짧으면서도 종결감을 확실히 주고 있는 것이다. 그러면서도 그런 짧은 길이에 한여름 윈드서핑의 시원하면서도 서늘한 풍경에 우리네 실존 의지까지 다 담아낼 수 있는 시 양식이 시조임을 여실히 보여주는 시로 「윈드서핑」은 읽힌다.

민들레 꼬마 풍선 후우후 불어보면
아가 적 고운 꿈이 낙하산 펼치지요
지금은 어느 땅에서 뿌리 내려 살까요

새봄을 선물하려 손에 쥔 초록 열쇠
녹이 슨 가슴에다 살짝살짝 돌렸더니

거봐요 환한 웃음이 샛노랗게 피잖아요

–「민들레 편지」 전문

'새봄'이나 '민들레'를 시제詩題로 내건 백일장 장원 작품 같다. 새봄이면 몸과 마음도 새로 태어난 듯해 동심에서 나온 동시풍으로 나가고 있는 시다. 그래 좀 더 예쁘고 공손하게 보이려 어조語調도 존댓말로 나가고 있다.

두 수로 된 연시조 앞 수에서는 이른 봄 노란 꽃과 함께 피어오르는 하얀 홀씨를 보고 있다. 가벼운 봄바람에도 흩날려 두둥실 떠가는 홀씨를 "풍선"과 "낙하산"이라는 동심의 원체험 이미지로 그대로 붙잡아 내며 공감력을 키우고 있다. 뒤 수는 진초록 잎 위에 샛노랗게 피어오르는 민들레꽃을 보며 쓴 듯하다. 톱니바퀴처럼 홈이 파인 이파리를 열쇠로 보고 노란 꽃을 환한 웃음으로 보는 시선이 적확하면서도 아이스럽다.

그렇게 동시풍으로 나가면서도 시인의 나이, 연륜도 부러 드러내고 있는 시다. 어릴 때 같이 놀다 지금은 민들레 홀씨처럼 흩어진 동기들은 지금 어느 땅에 뿌리내리고 사는지, "녹이 슨 가슴" 등에서 그런 연륜을 밝혀놓아 봄의 신생新生을 더욱 새롭고 감격스럽게 묻어나게 하고 있다.

봄볕이 색실 풀어 꽃수 뜨는 흙 마당에

새로 산 풀톱 들고 보초 서는 흰 민들레
개미도 눈치 보느라 살금살금 기고 있다

살구꽃 등을 내건 대궐 한 채 다가온다
걸음마 서툰 아가 꽃신은 벗겨졌고
전화벨 소리에 놀라 튀어나온 개구리

달팽이 길을 닦고 손님 맞을 준비 한다
텃밭의 조선상추 쑥갓도 잠을 깨고
부추꽃 쌀을 씻는 듯 살랑살랑 손 흔든다
–「꽃수 놓는 봄」 전문

이 시도 '봄'을 시제로 내건 백일장 작품 같다. 세 수로 된 연시조에서 첫 수는 집 마당으로 오는 봄을 조심스레 그리고 있다. 둘째 수는 잘 알려진 동요 〈고향의 봄〉처럼 울긋불긋 꽃대궐 잘 차리며 오는 봄을 역동적으로 묘사하고 있다. 그리고 마지막 수에서는 텃밭으로 오는 봄을 아주 인상적으로 그리고 있다. 특히 잘 씻어놓은 하얀 쌀알들 같은 부추꽃의 묘사가 공감각적이다. 어릴 적부터 흙 마당 고향에서 보아온 원체험의 꽃들이어서 시인과 대상인 봄과 꽃들이 일체가 된 서정성이 그대로 묻어나고 있다.

뒷골목 푸른 바다
날마다 불러왔고

집어등 켠 포장마차
은갈치로 몰려갔다

고갈비
삶이 밴 냄새로
하루 피곤도 막 구웠다
–「남포동」 전문

제목처럼 부산 도심의 번화가 '남포동'을 그린 단시조다. 남포동 풍경과 역사를 '포장마차' 하나로 인상적으로 담아내고 있는 시다.

골목 바로 뒤에 펼쳐지는 바다와 포장마차를 물고기를 몰려들게 해 잡게 하는 '집어등'과 그런 집어등 같은 포장마차 불빛으로 일치시켜 놓고 있다. 포장마차에서 새어 나오는 생선 굽는 냄새에는 일상의 삶과 남포동 역사의 냄새도 나게 하고 있다. 해서 부산 시민들과 부산을 잘 아는 사람들을 친근하게 단박에 낚고 있는 수작秀作이다.

새파란 뽕잎 뒤에
설익은 비밀들을

들키고 싶지 않아
꾹 참아낸 사춘기

보랏빛
기억 한 줄이
달콤하게 지나갔지
—「오디 내 사랑」 전문

울창한 뽕잎 뒤에 숨어 보랏빛으로 익어가는 오디를 보며 쓴 단시조다. 그런 오디에서 시인은 이성에 첫눈을 뜨던 사춘기 시절을 떠올리고 있다. 첫사랑으로 기억될 이성에 대한 첫눈 뜨기야말로 시인 개인뿐 아니라 누구든 소중하면서도 비밀히 간직하고 있는 원체험이다.

이성뿐 아니라 우주 만물과 한 몸이 되고 싶어 하는 그런 원체험이야말로 '너와 나는 하나'라는 서정의 바탕인 동일성의 시학을 자아내게 하는 원동력 아닐 것인가. 시인은 보랏빛 오디를 보며 순간적으로 그런 원체험을 떠올리며 공감력을 확산

시키고 있는 것이다.

우리 핏줄에 각인된 원체험이 불러오는 폭넓은 공감력

아이들 태어날 때
한 그루씩 심었다는

샛노란 배꼽 같은
흙 마당 감꽃 주워

목걸이 만들며 컸던
둘째 셋째 할미 되고

어느 해 가지 끝에
등불이 된 까치밥

아버지 계신 곳에
군불 활활 지피는지

초겨울 서녘은 온통

붉게 붉게 물들었다

–「아버지와 감나무」 전문

따지도, 떨어지지도 않아 나무 끝 높은 곳에 홀로 타오르고 있는 듯한 까치밥 감을 소재로 한 시다. 그런 감을 보며 시인은 먼저 어린 시절을 떠올린다. 봄날 떨어진 감나무 꽃을 주워 목걸이 만들어 놀던 시절은 어디로 가고 이젠 다 늙었다고. 그렇게 감꽃은 아버지, 아니 아버지의 아버지를 거슬러 올라가 아득한 시절부터 대를 이어 우리 핏줄과 기억에 간직된 원체험의 상징물로 읽힐 수 있다. 그런 감꽃을 지금 늙어가는 시점에서 동그마니 홀로 남은 까치밥을 보며 환기시키고 있다. 그러면서 이미 저 하늘로 돌아갔을 아버지에 대한 그리움을 펴고 있는 시다.

이번 시집에 실린 시편들은 우리 모두 간직하고 있을 원체험에 기대고 있다. 흙 마당에서 자연과 더불어 살지 못하고 아스팔트 도회지에서 자라나 원체험이 빈약해 각자의 세계에 폐쇄돼 있어 소통되기 힘든 젊은 시인들의 시편들에 비해 이렇게 원체험에 바탕해 있기에 공감력이 높다.

봄별에 도란도란

구 남매 나앉았다

어릴 땐 키 재기로
다툰 일 있었지만

이제는
모두 이쁜 꽃
눈빛 웃음 건넨다
-「민들레 가족」 전문

노랗게 피어오르는 민들레꽃을 한 송이 한 송이 세가며 쓴 시 같다. 그렇게 아홉 송이가 모여 있는 민들레 가족을 보며 시인의 어린 시절도 떠올려 보고 있다. 땅에 바짝 붙은 듯 키 낮은 민들레꽃들이 키 재기 하고 있는 듯해 어린 시절을 불렀을 것이다.

그렇게 아웅다웅 다퉈도 봤을 꽃들이 이제 모두 모두 이쁘게 눈웃음치고 있다며 시인 자신과 민들레꽃을 한 치의 틈도 없이 일치시키고 있는 시다. 그런 일치된 서정이 자연스레 원체험으로 이어지고 있는 것이다.

어머니 저 왔어요 인기척 다가갔던
빈방엔 찬 햇살만 반쯤 엎질러 있고

뚝 멈춘 거미 한 마리 뭘 하려나 노려본다

서랍을 정리하다 손에 잡힌 낡은 수첩
먼저 간 친구 이름 빼꼭히 적혀 있다
지금도 번호 누르며 안부라도 물은 듯

손녀가 선물해 준 빨간색 코트 위로
무채색 가족 웃음 줌업으로 겹쳐 있다
비닐을 안 뜯은 속옷 눈이 몹시 시린 날
—「그날 이후」 전문

돌아가신 시어머니 방을 정리하며 나온 시 같다. 세 수로 된 연시조 첫 수에서는 그런 시어머니의 빈방을 찾은 시인의 심사가 냉철하면서도 적확한 묘사에 그대로 배어나 있다. 특히 "찬 햇살", "노려본다"에는 시어머니를 몇십 년 모시고 산 시인의 애정과 그리움이 반어적으로 표현돼 있다. 둘째와 셋째 수에서도 유품들을 정리하며 시인의 어머니에 대한 정을 참 역동적으로 드러내고 있다. 누구든 간직하고 있을 원체험을 백일장 당선작처럼 현재의 시점에서 역동적으로 드러내고 있는 게 이번 시집의 특징이기도 하다.

천 개의 짠맛들이 여기 와 다 담긴다
입 크게 벌린 장독 구름 한 점 찾아들고
삼삼한 진국이 되려고 숯이 간을 맞춘다

손가락 푹 찔러서 된장 맛 볼라치면
장경각 풍경 소리 고향 하늘 끌고 와서
구수한 어머니 손맛 함께 배게 하더라

밤이면 백자 달을 독에서 건져내어
등불로 들고 가다 산마루에 얹어두면
차가운 세상인심도 절로 데워 지더라
–「서운암 장독대」 전문

양산 통도사 서운암의 그 유명한 장독대를 소재로 삼은 세 수로 된 연시조다. 첫 수에서는 천 개나 되는 그 장독들을 그리고 있다. 간장 된장 고추장의 짠맛들도 구분이 없고 구름과 숯도 구분이 없다. 삼라만상이 무등하게 삼삼한 짠맛을 내려 입 큰 장독에 모여든다. 둘째 수에서는 그런 장맛을 보며 고향의 원체험으로 돌아가고 있다. 특히 "장경각 풍경 소리 고향 하늘 끌고 와서"라는 표현이 신선하고도 절묘하다. 청각과 시각의 공감각이 어우러지며 원체험에 각성의 깊이를 주고 있다. 마지막 수에서는 그런 각성의 효과로 "차가운 세상인심도 절로 데워 지더라"며 세상인심을 순화하고 있다. 사찰 장독대에서 원 체험을 보고 다시 신심信心의 각성을 보고 있는 것이다.

경건한 말씀으로 주일을 여는 아침

적자생존 말 대신에 적자손해 보는 것이

쥐구멍 찾지 않고도 살아갈 수 있음을

주어진 삶을 안고 부단히 애썼지만

양보란 눈금 앞에 마음 선뜻 주지 못한

내 안의 또 다른 내가 무릎 꿇고 있었다

—「깨달음」 전문

주일 아침에 예배를 드리며, 혹은 성경을 읽으며 깨달은 것을 말하고 있는 두 수로 된 연시조다. 앞 수에서는 "적자생존" 대신 "적자손해"를 말하고 있다. 살아남기에 적합한 자만이 살아갈 수 있는 게 야생의 법칙. 그러나 예수는 오른쪽 뺨을 맞으면 왼쪽 뺨도 내주라 일렀다. 그렇게 손해 보는 삶이 남을 회개로 이끄는 사랑의 삶이라고. 이게 야생과 다른 문명 인간의 삶이라는 것을 시인은 살면서 깨달은 것이다. 그러나 일상의 삶 속에서 그런 사랑의 실천이 어디 쉬운 일인가. 해서 뒤 수에서는 그런 사랑의 현실태인 "양보"를 말하고 있다. 남에게 쉽게 양보하지 못하고 사는 삶을 무릎 꿇고 반성하고 있다. 이렇게 시인은 많은 시편에서 지금 여기의 현실의 현재에 전체험과 원체험을 자연스레 담으며 공감의 폭을 넓힘과 동시에 시의 깊이를 얻고 있다.

디지털 문명을 반성케 하는 아날로그 세대의 신선한 감성과 심혼

손바닥 화면에서 하루를 시작한다

한 치 앞에 눈이 팔려 가는 곳 안 보이고

스스로 설정한 앱에 원격조정 받고 있다

유튜브 터치하면 빛처럼 다가와서

뚜욱딱 감칠맛 나게 한 상이 차려지고

세상의 모든 길들이 허공 위에 떠 있다
—「밀레니엄 Z세대」 전문

제목 '밀레니엄 Z세대'는 1980년부터 2000년 사이에 태어난 세대를 일컫는 말이다. 줄여 그냥 'MZ세대'로 부르기도 하는 이 젊은 세대들은 디지털 환경에 익숙해 아날로그에 익숙한 전 세대와는 많은 차이점을 드러내고 있다. 핸드폰 등 디지털 화면으로 하루를 시작해 걸어가거나 자동차로 이동할 때도 그 화면에서 눈을 떼지 않는 세대, 디지털 문명의 세례를 받아 그 속에서만 살아가는 삶을 비판하고 있는 시로 읽힐 수 있다. 이전 세대가 보기에 디지털 환경에 원격조정을 받으며 자아와 주체성을 잃어버린 것처럼 보여 허공에 붕 뜬 것 같다고 하지 않는가.

AI가 자라면서 판도라와 친해졌다
가벼운 손끝 터치 산도 강도 건너뛰고
나 아닌 또 다른 내가 저만치 걸어온다

나날이 진화하는 똑똑한 문명의 혀

왜냐고 묻기도 전 칼같이 자른 의사
주객이 바뀔 시점을 은근슬쩍 넘본 듯

쩐 사태 막기 위해 새 옵션 설정하고
무법자 챗GPT 부품을 감춰야 한다
잘못된 만남 앞에선 끌려갈 날 올 수도
―「지구의 고민」 전문

인공지능 AI, 그중에서도 급속히 우리 실생활 속으로 밀고 들어오며 근래 들어 수많은 화제를 낳고 있는 챗GPT를 소재로 세 수로 쓴 연시조다. 이 시 역시 위에 살핀 시처럼 문명 비판시로 읽을 수 있다.

컴퓨터나 인터넷에 문맹文盲에 가까운 나도 챗GPT 활용에는 뒤지지 않으려 접속해 본 적이 있다. 역사적 유명 인사들이나 내가 잘 알고 있는 사항 등에 대해 물으니 비교적 정확한 답이 금방 나왔다. 그리고 비교적 최근 인물이나 사항을 물으니 처음엔 잘 나가다 전혀 엉뚱한 답변이 나왔다. 그러나 문장이나 문맥은 딱딱 맞아떨어지는 것이 문제였다. 그것에 대해 잘 모르는 사람들에게는 사실로서 받아들이기에 충분할 정도로 틀린 것들도 확신에 차 설명하고 있었기 때문이다. 그리고 어떤 어떤 소재로 어떤 어떤 시를 지어달라 했더니 금세 뚝딱 시

한 편을 지어줬다. 문장을 이리저리 잘 조합해 문리文理를 깨친 듯한 시였다. 그러나 인간 주체의 설레는 감성이나 깊은 영혼 같은 것은 찾아보기 힘들었다. 그래서 챗GPT의 활용은 일단 접기로 했다. 글 쓰는 데 도움을 얻기는커녕 잘못된 정보를 쓰고 무엇보다 심혼이 담긴 글 쓰는 자세를 잃지나 않을까 심히 걱정됐기 때문이다.

그러나 위 시 한 대목처럼 "나날이 진화하는 똑똑한 문명의 혀" 챗GPT는 속도를 따라잡기 벅찰 정도로 날로 진화하며 그런 우리네 우려를 불식할 것이다. 그리고 마침내는 인간을 압도하며 지구의, 인간 세상의 종말을 가져올지도 모른다. 챗GPT로 대표되는 디지털 문명의 세례를 받은 밀레니엄 Z세대의 특징 중 하나가 자아의 타자他者화 아닌가. "나 아닌 또 다른 내가" 실생활을 대신 살아가고 있으며 그런 젊은 세대의 시나 문학작품 속에서도 타자가 주어가 될 정도로 활개치고 있는 게 오늘의 젊은 현실이요 문학 아닌가. 그런 최첨단 문명의 현실을 반성하고 비판하고 있는 시편들도 이번 시집에서는 눈에 띈다.

피란살이 고단함도 책 보며 견뎌내던
그 시절 꿋꿋함이 빛으로 남아 있는
아직도 꽃 같은 글씨 공들여 줍고 있다

인터넷 전자서적 앞질러 달려가도
시간이 지운 풍경 되살아 숨을 쉰다
보수동 책방골목엔 오늘도 꽃이 핀다
-「꽃 피는 골목」 전문

부산 보수동 책방골목을 소재로 두 수로 쓴 연시조다. 헌책이며 새 책, 교과서며 참고서며 법전이며 잡지며 시집이며 모든 책들이 사고 팔리는 그 골목을 "꽃 피는 골목"으로 부르는 제목부터 아날로그 세대의 시임을 대놓고 드러내고 있다.

앞 수에서는 보수동 책방골목의 역사와 오늘을 말하고 있다. 6.25 피란 시절 피란 봇짐 속에 소중히 넣어 가져온 책을 한 끼의 밥을 위해 팔아야 했고 또 그 어려운 시절에도 그런 책을 사서 읽기 위해 자연스레 책 시장이 형성된 골목이 보수동 책방골목이다. 그런 책 시장에서 "아직도 꽃 같은 글씨 공들여 줍고 있"는 아날로그 세대가 건재함을 드러내고 있다. 실제로 그 골목은 부산 관광 명소가 돼 아직도 책들이 활발히 매매되고 있다. 뒤 수에서는 "인터넷 전자서적 앞질러 달려가"는 디지털 시대에 아직도 건재한 아날로그 세상의 감성과 혼을 "꽃이 핀다"며 희망적으로 전하고 있다.

어둠이 단추 푸는

뱃고동 기침 소리

눈곱 뗀 저인망선
어깨가 출렁인다

시퍼런
갈기를 세우며
펄떡이는 생애들
–「출항」 전문

부산 앞바다 어항의 새벽 출항을 소재로 한 단시조다. 초장의 새벽과 뱃고동 묘사가 참 절창이다. "단추 푸는" 이미지와 소리의 공감각은 빠끔히 어둠이 걷히며 열리는 새벽과 뱃고동 소리를 동시에 수식하고 있다. 이런 절묘한 표현은 원체험이 빈약한 디지털 세대는 흉내 낼 수도, 감지할 수도 없을 것이다. 중장의 막 시동을 걸고 출항하려는 저인망어선의 묘사도 참 좋다. "눈곱 뗀"이란 수식도 시인의 원체험에서 그대로 솟구쳐 올랐을 것이다. 그리고 종장에서는 새벽 출항을 통해 한 생애며 자연의 운항을 아주 힘차고 낙천적으로 잘 드러내고 있다.

이처럼 이번 시집에서는 속도를 따라가기도 벅찬 최첨단 디지털 문명을 비판하고 있는 시편도 더러 눈에 띈다. 그러면서

아날로그 세대의 원체험과 감성, 그리고 심혼을 더욱더 신선하게 울리고 있다.

활기 넘치면서도 속 깊게 다가오는 부산과 삶의 감동

갓 잡은 생선들이 여행길에 오른다
좌판에 둘러앉아 별별 사람 구경하면서
즐거운 식탁 꿈꾸며 저녁놀에 발 담근다

와보소 물 좋심더 펄펄 뛴다 아입니꺼
파도 자락 끌고 온 걸쭉한 목소리가
반쯤은 정으로 담고 또 반쯤은 덤으로

연탄불에 달군 석쇠 꼼장어 요동친다
바다를 채워가는 잔들이 부딪치고
연안에 불빛 하나둘 별을 닮아 밤이 깊다
—「자갈치시장」 전문

부산을 대표하는 명소인 자갈치시장을 소재로 하여 세 수로 쓴 연시조다. 자갈치시장에 가본 사람이라면 무릎 치며 공감할

시이며 못 가본 사람들에게는 생기와 온기 넘치는 자갈치시장 그대로를 눈과 귀에 잡힐 듯 그대로 보여주고 있는 시다.

첫 수에서의 주인공은 앞바다에서 갓 잡혀 와 자갈치시장의 상품이 된 생선이다. 사람들이 좌판에 널린 생선을 구경하는 게 아니라 생선이 시장에 몰려든 사람들을 구경한다는 중장의 발상이 신선하다. 둘째 수에서는 생기 넘치는 시장 풍경과 인심을 잘 드러내고 있다. 중장의 "파도 자락 끌고 온 걸쭉한 목소리"라는 표현이 압권이다. 자갈치시장 아지매들의 그 잘 알려진 걸쭉한 입심과 정이 그대로 담겨 있지 않은가. 마지막 수에서는 자갈치시장의 낭만과 서정이 잘 드러나 있다. 나도 그 시장에서 꼼장어구이를 그렇게 먹어본 적이 있다. 밤 깊도록 바다를 채워가는 잔들을 부딪쳐 가며.

이번 시집에는 시인이 터 잡고 살아가는 부산을 소재로 한 시편들이 참 많이도 눈에 띈다. 그런 부산 시편들은 나 같은 여행객의 시선에 잡힌 풍물風物을 넘어 삶의 깊은 속내가 신선하고도 활기차게 묻어나고 있는 게 특장이다.

미로를 따라가는 산복도로 그 끝쯤에
녹슨 시계처럼 세월 깁는 사람들
옷가지 이불도 함께 빨래방을 찾는다

한 스푼 세제 넣고 근심도 포개 넣고
통돌이 도는 동안 타임머신 타고 간다
묵혀둔 엉킨 이야기 타래타래 풀리고

따가닥 따각따각 카페 한쪽에서는
기사를 등에 실은 천리마가 달려간다
세대 간 이어준 온기 부산항이 환하다
–「이야기 빨래방」 전문

이번 시집의 표제작이다. 부산에 대한 애정으로 살고 또 시를 많이 썼기에 시집 제목으로 올렸을 것이다. 산복도로山腹道路, 산의 복장을 뚫은 도로가 산과 해안선으로 이루어진 부산에는 많기도 하다. 6.25 피란 시절 사람들이 몰려들어 이 산 저 산 꼭대기까지 집을 짓고 살았기에 미로처럼 얽히며 형성됐고 또 부산 전경과 확 터진 바다를 한눈에 내려다볼 수 있어 명소가 된 곳이 산복도로다. 그 산복도로 끝에 있는 빨래방이며 카페를 소재로 해 세 수로 쓴 연시조다.

첫 수에서는 빨래방을 묘사하고 있다. 중장 "녹슨 시계처럼 세월 깁는 사람들"은 6.25 때부터 형성된 미로 같은 산복도로의 묘사이면서도 세월에 아랑곳 않고 산복도로 동네에서 살아가는 사람들의 속내로 읽을 수 있다. 둘째 수에서는 빨래방에서의 세탁 과정에 정겨운 옛이야기들을 섞어놓고 있다. 아니, 6.25 피란 시절 이야기와 삶의 속내가 자연스레 흘러나오게 하고 있다. 마치 타임머신 타고 가서 냇가에서 빨래하던 옛 여인들의 이야기를 듣고 있는 듯하지 않은가. 마지막 수에서는 빨래방에서 엮어내는 주민들의 이야기를 기사화하는 MZ세대 기자들의 바쁜 손놀림을 통해 산복도로 어르신들의 살아온 이야기가 말달리듯 달리고 있다. 그런 산복도로 동네는 6.25 노인들부터 MZ세대 젊은이들까지 이야기로 세대를 잇고 있다. 그래 내려다보이는 부산항이 환하다며 낙천적, 낭만적으로 결말을 맺어 표제작으로 삼은 시다.

배낭에 바람 소리 구름도 조금 넣고
걷는다 숲길 따라 강 따라 해안 따라
그렇지 폰은 첨부터 무음으로 두었지

새들의 날갯짓과 초록의 의미들을
눈으로 귀 입으로 손끝으로 맛을 보며
낙동강 하구쯤에서 잡념들을 날린다

구개음 뱉어가며 말 거는 부산 갈매기
수평선 잘라 와서 고무줄놀이 끝이 없고

색소폰 부는 무역선 고갯길에 달 띄운다

–「갈맷길 700리」 전문

갈맷길은 부산시에서 해안과 강, 그리고 숲과 도심 등을 이어 트레킹 코스로 조성한 길로 그 길이는 총 700리에 이른다. 부산의 상징인 갈매기에서 이름을 따온 '갈맷길 700리'를 제목과 소재로 하여 세 수로 쓴 연시조다.

첫째 수에서는 갈맷길을 걷는 마음 자세를 말하고 있다. 도시 생활에서 벗어나 자연으로 돌아가는 마음을 초장부터 "배낭에 바람 소리 구름도 조금 넣고"라며 서정적으로 드러내고 있다. 둘째 수에서는 자연을 오롯이 만끽하는 자세를 말하고 있다. 의미와 의미에 뒤따르는 온갖 잡생각들은 다 날려버리고 온몸의 감각으로 날것 그대로 받아들이라는 것이다. 이런 자세여야만 생생하고도 구체적인 좋은 시는 나오는 것 아니겠는가. 마지막 수에서는 갈매기 울음소리와 길 굽이굽이 펼쳐지는 수평선 묘사가 절묘하게 겹치며 서정을 극대화하고 있다. 그리고 종장에서는 부산에 대한 변함없는 애정이 잘 드러나고 있다. 이렇듯 김 시인은 이번 시집에서 부산의 풍물들을 속 깊고도 신선하게 보여주려는 시편들을 많이 선보이고 있다.

한세상 모진 삶을 훠얼훨 날려주려

합죽선 펼친 노송 춤사위가 일품이다
간간이 새어 나오는 비파 소리 새소리

아득한 별빛 한 줌 석등에 불 밝히면
냇물도 시름 앓다 천 리 먼 길 나서고
는개에 옷 젖는 시야 산문山門 반쯤 잠긴다
—「무풍한송로」 전문

'무풍한송로舞風寒松路'는 부산 인근 양산 통도사 소나무 숲길. 바람이 불면 소나무들이 춤추듯 일렁인다 해서 붙여진 이름이다. 두 수로 이뤄진 연시조 앞 수에서는 그런 소나무 숲길을 시각과 청각을 동원해 묘사하고 있다. 그런 풍물 묘사보다도 초장 "한세상 모진 삶을 훠얼훨 날려주려"란 심중의 묘사가 압권이다. 사찰을 찾는 우리네 보편적 심성이 단박에 드러나게 무풍한송을 묘사하고 있지 않은가. 뒤 수에서는 우주에 만연한 신심信心을 참 역동적이면서도 서정적으로 묘사하고 있다. 별빛이 석등을 밝히고, 시름 앓다 흐르는 냇물이란 표현이 얼마나 역동적인가. 그런 대자연의 역동성에 또 신심은 얼마나 서정적으로 배어 있는가. 하여 종장 "는개에 옷 젖는 시야 산문 반쯤 잠긴다"는 그 역동적 서정, 순간의 서정은 또 얼마나 시간과 공간을 아득히 지워버리고 있는가. 오고 감도 없이, 이곳저곳

구분도 없이 우주에 미만한 신심을 단 한 장의 역동적 서정으로 마감하며 절창을 얻고 있는 시가 「무풍한송로」다.

문지방 넘는 순간 겁을 주는 사천왕상
눈금 추 하나 사이 승과 속을 가른다
슬며시 발을 뺄 듯이 눈치 보며 안긴 땅

돌탑 끝 내려앉은 다시 본 백수 낮달
너는 또 뭐 하려고 여기 왔나 물어본다
선방 앞 붉은 자장매 눈이 퉁퉁 부었고

한 계戒 한 계 다가서는 진신사리 금강계단
다이아몬드 광채처럼 눈부셔 어리는데
빈자의 등불 하나가 세상길에 흔들린다
–「일주문」 전문

앞에 살펴본 「무풍한송로」처럼 양산 통도사를 소재로 한 시다. 제목 '일주문'은 절 경내 입구에 세워진 문으로, 문 안은 속세가 아닌 불국토이니 마음을 한가지로 가지런히 할 것을 뜻하는 문이다. 그런 일주문에는 불국토를 수호하는 무서운 사천왕상이 서 있게 마련이다. 그런 사천왕상에 겁을 먹으면서도 시인은 눈치 보고 심지어 도망가고 싶은 마음까지 그대로 드러내고 있어 참 인간적이다. 그래서 낮에 나와 절 돌탑 끝에 얹힌 달을 "백수 낮달"로도 표현하고 있지 않은가. 도통한 체하지 않고 있는 그대로의 마음을 이렇게 솔직히 보여주고 있어 시편들이 역동적이고 참신하게 살아 있다.

이렇게 김 시인은 자신이 살고 있는 삶의 터전에서, 또 그 지역의 풍물을 소재 삼아 시를 쓰고 있다. 뿌리내리고 살아온 삶 자체에서 시가 나오고 있어 생생하면서도 깊이가 있다. 무엇보다 원체험에 충실한 아날로그 세대의 감성과 심혼이면서도 구태의연하지 않고 백일장 당선작처럼 지금 여기의 현장감으로 펄펄 살아 있는 신선함이 이번 시집 『이야기 빨래방』의 특장이다. 이런 특장 잘 살려 시조의 참맛 보여주며 부산과 민족의 큰 시인의 길 걸으시길 바란다.

이야기 빨래방

—

초판 1쇄 2023년 7월 25일
지은이 김정
펴낸이 김영재
펴낸곳 책만드는집

—

주소 서울 마포구 양화로3길 99, 4층 (04022)
전화 3142-1585·6
팩스 336-8908
전자우편 chaekjip@naver.com
출판등록 1994년 1월 13일 제10-927호

* 본 도서는 2023년 부산광역시, 부산문화재단 〈부산문화예술지원사업〉으로 지원을 받았습니다.

부산광역시 BUSAN METROPOLITAN CITY 부산문화재단 BUSAN CULTURAL FOUNDATION

—

ISBN 978-89-7944-842-9 (04810)
ISBN 978-89-7944-354-7 (세트)